윤보영시인학교 13인의 노래

내 안의
그대라는 꽃

내 안의 그대라는 꽃

윤보영시인학교 13인의 노래

강치선   김순복   박소현

백세영   선상규   안순화

양미자   오순금   유화순

정동욱   주해성

최봉순   홍순화

이지출판

'한국강사교육진흥원'에서 실시하는 '윤보영시인학교' 두 번째 동인시집을 발간하게 되었습니다. 감성시 쓰기 공부반은 코로나19로 대면 강의가 어려운 상황에서 한국강사교육진흥원 김순복 원장님의 줌 강의 제안으로 개설되어 현재 10주 과정 3기 수업이 진행되고 있습니다.

처음에는 다들 '내가 시를 쓸 수 있을까?' 하는 의문에서 시작했고, 더구나 자신의 시집을 발간한다는 것은 상상도 못했습니다. 하지만 수업이 진행되는 동안 감성시를 이해하고 시쓰기에 자신감이 생기게 되었습니다.

수업에 참여하는 분들은 '윤보영 감성시 쓰기 공식 10'을 바탕으로 철저한 개인 과외식 첨삭지도를 받습니다. 일상에서 감동받은 장면을 그림 그리듯 메모하고 마지막에 생각 한 줄을 넣어 제출하면, 1만여 편의 감성시를 쓰면서 터득한 비법으로 첨삭지도해 드립니다.

비록 짧은 기간 지도를 받았지만 다들 그 효과에 놀라고 있습니다. 10주 단위 수업을 듣고 동인시집 발간은 물론 3기까지 이어온 분 중 네 분이 개인 시집 발간을 준비하고 있습니다.

그렇습니다. 우리는 지금 참 바쁘게 살아가고 있습니다. 그러면서 힘들게 살고 있습니다. 이 힘든 일상 속에서 잠시 웃을 수 있는 여유! 그 여유를 주는 글을 적어 자신은 물론 글을 읽는 사람들에게 행복을 선물하는 것이 감성시 쓰기의 목적입니다.

그 목적을 자신의 목적으로 만들고 감성시 쓰기 수업에 참여한 모든 분께 감사드리며, 이 과정을 개설하고 이끌어 주시는 김순복 원장님께도 다시 한 번 감사드립니다.

더불어 공저시집 원고를 정리하고 편집을 맡아 주신 강치선 시인님과 멋진 시집을 만들어 준 이지출판사에 감사드립니다.

시인 **윤 보 영**

윤보영의 시인학교
세 번째 새로운 만남을 시작했습니다.

만나는 첫날부터 칭찬으로 이어지더니
다섯 번째 만나는 날!

"우리의 노래를 책 한 권에 담아볼까요?"

서로가 서로에게 감동하며
나날이 발전되어 가는 모습에 놀라곤 합니다.

오글거렸던 마음은 찾아볼 수도 없이
기성 시인처럼 감성이 술술 쏟아져 나왔습니다.

감성으로 온몸을 휘감아
아지랑이처럼 피어오릅니다.

커피 시인
윤보영 교수님의 시인학교 덕분입니다.

이 시집을 손에 들고 있는 당신!
청포도가 익어 가는 7월처럼 알알이
행복이 영글어 가길 기원합니다.

2021년 7월에
감사의 마음을 담아
한국강사교육진흥원장 김 순 복

추천의 글 윤보영 · 4

인사말   김순복 · 6

초대시   윤보영 · 15

공저시집을 내며 · 163

강치선

소화기 · 19

진단! · 20

모니터 · 21

그대 그리움 · 22

자판기 · 23

어떡하죠? · 24

설렘 · 25

신호등 · 26

리모컨 · 27

공간 · 28

김순복

손가락이 생각을 하나 봐 · 30

아메리카노 · 31

내비게이션 · 32

비상등 · 33

와사비 · 34

울퉁불퉁 엄지손톱 · 35

사랑의 블랙홀 · 36

그루터기 · 37

민들레 씨앗 · 38

봄소식 · 39

박소현

그리움 · 41

행복찾기 · 42

내리사랑 · 43

상향등 · 44

클릭오류 · 45

커피 · 46

전등 · 47

비움 · 48

하늘 · 49

비밀 · 50

백세영

거울 · 52

시계 · 53

필통 · 54

사진 · 55

폭우 · 56

중독 · 58

공간 · 59

텀블러 · 60

팬 · 61

농구 · 62

선상규

꽃말 · 64

3행 · 65

그대와 봄 · 66

사시사철 · 67

창문을 내다 · 68

매미 · 69

독서 · 70

나이테 · 71

의자 · 72

행운 · 73

안순화

두 마음 · 75

생각 · 76

내일로 가는 동반자 · 77

내 안의 그대 · 78

엄마 생각 · 79

나의 집 · 80

카페 · 81

지하철 · 82

꽁당보리밥 · 83

리모델링 · 84

양미자

안마의자 · 86

방충망 · 87

새 · 88

인생 · 89

발자국 · 90

별에서 온 그대 · 92

어머니 · 93

그리움 · 94

청소 · 95

미용실 · 96

오순금

귤꽃 · 98

꽃의 릴레이 · 99

따뜻해요 · 100

김치찌개 · 101

지금 · 102

고기라면 · 103

소중한 선물 · 104

엄마라는 이름 · 105

쉼팡 · 106

우산 · 107

유화순

유혹 · 109

그대 생각 · 110

그대입니다 · 111

간식 · 112

웃었다 · 113

주거니 받거니 · 114

커피 · 115

내가 산 것 · 116

행복한 추억 · 117

눈 · 118

정동욱

봄 · 120

그리움 · 121

커튼 · 122

규정 속도 · 123

내 마음 공사 중 · 124

혼자 사랑 · 125

구절초 · 126

달맞이꽃 · 127

노트북 · 128

어머니의 숨소리 · 129

주해성

사랑 안테나 · 131

옹달샘 · 132

집밥 · 133

커피는 약 · 134

팥죽 · 135

핸드폰 · 136

여행가방 · 137

온도 차이 · 138

물안개 · 139

 함박꽃 · 140

최봉순

노을 · 142

뭉게구름 · 143

소나기 · 144

봄바람 · 145

오직 그대 · 146

체중오버 · 147

커피 · 148

거울 · 149

그리움 · 150

아마도 · 151

홍순화

밥 · 153

시간 · 154

행복하게 · 155

밥상 · 156

3월 · 157

시계 · 158

행복 · 159

백 · 160

여유 · 161

지금 당장 · 162

먼지

너도 나처럼
그리운가 보고나
창틀에 앉아
쏟아지는 비를
보고 있는 걸 보면.

대전일보 신춘문예 동시 당선(2009)
《세상에 그저 피는 꽃은 없다 사랑처럼》 등 시집 20권 발간
'윤보영 시인의 감성시 쓰기 공식 10'으로 전국 순회 시쓰기 특강
춘천, 성남, 광주 등에 '윤보영 시가 있는 길' 등 다수 조성
개인 시집 발간을 지원하는 윤보영시인학교 운영

안경

사람들은
가까이
더 자세히 보고 싶어
안경을 쓰고

그대 그리운 나는
가까이
더 자세히 보고 싶어
눈을 감는다.

풍경

처마 끝 풍경에
그대 생각 달았다가
혼났습니다

그립다
그립다
밤새 울려서
기분 좋아 혼났습니다.

강치선

한양아이소리 인천심리상담센터장
법무부 보호관찰위원, 오산대학교 외래교수
한국강사신문 시민기자, 가족심리사, 부모교육전문가
인지행동심리상담사, 분노관리사, 미술심리상담사
중독예방전문가, 학교폭력예방지도사, 성심리상담사
진로상담사, 인성지도사, 코칭전문가
제1회 한국강사신문 선정 대한민국 최고 명강사 12인
저서 《상황별 양육코칭 21가지! 30분만 투자하면 끝》

소화기

안전핀을 뽑고
바람을 등지고
소화액을 분사합니다

그런데 어쩌죠!
불이 사그라들지 않습니다

그대가
내 가슴에 지핀 불은
무엇으로 끌 수 있을까요?

사랑합니다.

진단!

그래
그랬구나!

자꾸 생각나고
그러면

사랑이야
사랑이 맞아!

모니터

사람들이
컴퓨터를 켜고 수업을 듣습니다

모니터 속에
많은 사람이 있습니다

그런데 이상합니다
내 모니터가
고장 났나 봅니다

사람들이 지워지고
한 사람만 보입니다

나를 보며 웃고 있는
그대만 말입니다.

그대 그리움

거실과 주방
큰방과 작은방
쓸고 닦고 청소를 했습니다

다 치웠다고
생각했는데

쓸리지도
닦이지 않는 곳이 있었습니다

그리움도 그렇습니다

어젯밤
그리 많이 보고 싶어
더 이상 생각 안 나겠지 했는데
지금 또 이리 보고 싶은 걸 보면.

자판기

사람들이
자판기 앞에 줄을 섭니다

동전을 넣고 버튼을 눌러
원하는 것을 얻고 있습니다

나도 줄을 섰습니다

그런데 자판기가
고장 났나 봅니다

그리움 하나를 넣었는데
그대와 추억이 쏟아져 나옵니다

행복한 고장이 맞습니다.

어떡하죠?

"자기야, 자기야!
자기는 날 얼마만큼 사랑해?"

"그건 지금 말할 수가 없는데."

"왜 없어?"

"아니 지금도 커지고 있는데
어떻게 말을 해."

설렘

지하철로 집에 가는 길
열 정거장입니다

떠오르는 생각을
메모하기 시작했습니다

그런데 어떡하죠?
내려야 할 역을 지나쳤습니다

괜스레 웃음이 납니다

그대와 처음 만나던 날도
그랬으니까요

어차피 늦은 것

그날의 설렘을 안고
그대에게 들렀다 가야겠습니다.

신호등

집으로 가는 길
신호등이 많아
가다 서다를 반복하고 있습니다

그대를 만나러 가는 길은
신호등이 없어 서지 않고 갈 수 있습니다

그 길이 꿈길이고
그대 향한 그리움은
설계부터 신호등이 없었으니까

그래서 빨리 달려갑니다
브레이크를 밟지 않고 갑니다.

리모컨

버튼을 눌러
전원을 켭니다

채널을 변경하고
소리를 높입니다

내 안의 그대가 말을 합니다
소리를 더 높입니다

사랑해!

그제서야 나도 대답을 합니다

나도 사랑해!

공간

고개를 들어 앞을 봅니다

의자와 책장이 보입니다
냉장고 위에 정수기가 보이네요
공기청정기도 돌아가고 있습니다
많은 물건이 사무실을 채우고 있습니다

내 마음을 채우는 데는
그대 하나면 되는데
그 하나로도 넘칠 수 있는데.

김순복

상담학 박사, 경영학 석사

한국강사교육진흥원장, 사단법인 한국청소년지도학회 서울센터장

한국강사신문 전략사업본부장, 기자, 칼럼니스트

가천대학교 명강사 최고위과정 책임교수

사단법인 한국강사협회 상임이사, 오산대 외래교수

한국열린사이버대 특임교수, 에듀업 원격평생교육원 운영교수

저서 《벼랑 끝 활주로》《사랑하길 잘 했다》(공저시집) 외 다수

손가락이 생각을 하나 봐

컴퓨터를 켰다
비밀번호를 잊었다

"뭐지?"
머릿속이 하얗다

손가락이
스스로 움직였다

화면이 열린다
그대 생각처럼
익숙해진 손가락

잘했어
잘했어.

아메리카노

날마다 같은 커피숍
날마다 같은 아메리카노

어느 날은 쓰고
어느 날은 달고

왜,
커피 맛이 다르죠?

아
알았다

날마다
그대와 같이 와야겠어요.

내비게이션

어느 곳이든
입력만 해 주면
안내해 주는 내비게이션!

'그대 있는 곳'
입력하면
안내해 줄까?

입력했다
'도착했습니다'
움직이지 않는다

알고 보니
그대는 이미
내 가슴에 있었다.

비상등

사람들은
비상 깜박이로
먼저 신호를 보내고
제 앞으로 옵니다

하지만
아무 신호도 없이
훅
들어온 당신!

당신이니까
봐준다.

와사비

그대와 마주 앉아
회정식을 먹었다

순간,
코끝이 찡하며
눈물이 핑 돌았다

와사비 너!
다정한 우리 사이
질투하는 거지?

울퉁불퉁 엄지손톱

손톱에
나이테가 생겼어요

그대가
너무 보고 싶었던
그날!

손꼽아
기다린 만큼

손톱에도
당신의 얼굴이 그려졌습니다.

사랑의 블랙홀

당신을
처음 만난 날!

내 심장이
빨려 들어갔어요

사랑의 깊이가
너무 깊어서

지금까지도
못 나오고 있어요.

그루터기

느티나무는 나이테로
세월의 무게를 말하고

내 마음은
그대 생각으로
그리움의 무게를 말하고

느티나무는 무겁고
내 마음은 가볍다.

민들레 씨앗

당신 사랑으로
꽃을 피웠어요

당신만
바라보다 피운 꽃

죽어서도
당신이 가는 자리
따라다니며
당신과 함께하겠습니다

내 가슴에
민들레꽃이 피었습니다.

봄소식

주체할 수 없는
당신 이야기가 되고 싶어
잎새도 없이 달려왔어요

할 이야기 쏟아내다 보니
길게 꽃이 되었네요

황홀한 눈인사에
살짝 부끄럽기도 합니다

나는 꽃
그대는 봄!

박소현

한국치매예방협회 김천지부장, 실버인지건강학교원장
한국인재뱅크 김천지부장, 한국진흥교육원 교육위원
우리교회 전도사, 사회복지사, 안전코칭지도사, 평생교육사
교정심리상담사, 인성교육강사, 웰다잉지도사, 다문화교육상담사
웃음치료사, 노인대학전문강사, 실버인지놀이지도자, 뇌교육지도사
공저 《대한민국을 빛낸 명사 16인 나의 삶 나의 길》
《여울에 달이 뜨다》

그리움

불현듯
그리움이
그리워진다

사람들은
누군가를
그리워한다는데

나에게는 없었던 그리움!
나도 이제
맛보고 싶다

이 밤 무슨 일일까
그리움을
그리워한다.

행복찾기

여기 기웃 저기 기웃
강 건너 산 넘어
행복을 찾아다녔다

그러다 바쁜 일상 밀쳐두고
웃는 사람을 만났다
따라 웃었다

행복
내 웃음 속에 있었다.

내리사랑

내 딸의 눈은
제 딸을 향해 있다
딸에게 줄 선물 포장을 한다
행복한 미소가 넘친다

"그렇게 행복하니?"
나도 그랬다, 나도 그랬다
내 안에서 소리가 들린다

너 좋으면 되었다는
내리사랑인지
나도 좀 봐달라는 아우성인지.

상향등

어두운 밤
고속도로를 달렸다

뒷차가 상향등을 켜고 쫓아온다
저런 상식도 없는 사람!
투덜대며 달렸다

빵빵
소리에 놀라 계기판을 보니
내가 상향등을 켜고 있다

마음을 하향했다
보고 싶은 마음 달래듯
차가 부드럽게 달린다.

클릭 오류

세상이 달라졌다
손가락으로 두드려야만
세상이 돌아간다

아뿔싸
윗줄을 친다는 것이
아랫줄을 쳤다

돌이킬 수 없는 난감함을
당해 본 사람은 안다

잦은 오류 있다 해도
그대 향한 고백만은
오류 없음.

커피

언제부터인가
쓴 커피가 좋아졌어요

알고 보니 그대를
만난 후부터였네요

그대와의 시간이 너무 달콤해서
쓴맛을 살짝 곁들였는데
왜 더 달콤해지나요.

전등

어두운 방을
비추어 주고 있습니다

밤인데도 여전히
밝은 것은 전등 때문입니다

내 인생에 어두움이
물러간 것은

그대가 빛으로
와 주었기 때문입니다.

비움

무엇 하나라도
갖다 쌓아야 한다고
배웠다

배부르고 풍족한 요즘
미니멀 라이프를 외치며
자꾸만 버리라고 한다

비우고 또 비우려고 해도
내 마음은
비워지질 않는다

그대가 차지하고
있기 때문이다.

하늘

어쩌다 생긴 짬
차를 세우고 몸을 뉘었다
한순간의 쉼을 얻는다

차창 밖으로
보이는 하늘
오늘따라 한없이 맑다

한 번 바라봐 주지도 못한 나에게
살포시 웃음 짓고
나를 다독인다

역시 하늘은 넓다
좁은 속내가 부끄럽다.

비밀

남들은 모르는 이야기야
절대로 누구에게
말하면 안 돼
쉿!

당신에게만 얘기해 줄게
사실
당신 너무 멋져!
정말이야.

백세영

건국대학교 문학·예술치료학 박사수료, 상담심리 석사
해피트리 심리연구소 대표
(국가인권위원회) (사)한국노년인권협회 문화국장
(문화체육관광부) (사)새누리독서운동본부 독서코칭전문가
(보건복지부) (사)인구와미래정책연구소 인구교육전문가
(법무부) 서울준법센터 특별범죄예방위원
(법무부) 명예보호관찰위원
공저 《둥지》 외

거울

거울 앞에 내가 있다
나는 웃음을 지어 보인다

거울 속에 내가 있다
웃음 짓는 나를 보니
웃음이 저절로 난다

오늘도
거울 앞에서
행복한 나를 만난다

역시
난 행복한 사람!

시계

10시 45분
어제도 10시 45분이었는데

내 그리움은
너를 만난 후부터
늘 그 자리

고장 났다 해도 좋은
그 자리.

필통

책상 위에 필통
뚱뚱하다
정리를 해 볼까
예쁜 색 볼펜만 하나
넣는다

책상 앞에 앉은 나
생각이 많다
정리 좀 해 볼까
결국 네 생각만 한다.

사진

너를 향한 마음
어제는 뜨거운 불꽃
오늘은 꽁꽁 언 얼음

찰칵!
지금 너의 미소는
활짝 핀 꽃

꽃을 닮았다
웃는 얼굴을 담았다.

폭우

창밖은 비에 젖고
이불 속 엄마는 땀에 젖는다

세찬 비바람에
사람들은 옷을 여미고
불덩이 같은 몸은
이불자락을 붙잡는다

엄마의 이마를 짚어보고
아이는, 키만 한
우산을 들고 나선다

빛이 번쩍
우르르 쾅쾅
우르르르

땀으로 범벅된 엄마는
우산도 없이
아이를 찾아 뛰어나간다

땀은 차가운 빗물에 씻기고
엄마가 품었던 불덩이는
아이가 식혀 준다

세찬 폭우 속에서
번쩍이는 우레 속에서도
씻겨 내리지 않는
식지 않는
아이와 엄마의 사랑

지금도
가슴에 비가 내린다
사랑이 내린다.

중독

창밖에
초록이 흩날린다
바람이 불 때마다
그 잎은 춤을 춘다

카페 안
커피 향이 날아오른다
사랑을 속삭일 때마다
향기에 젖어든다

바람에 날려
나의 마음은 너에게로 간다
나는 너에게 중독되어
오늘도 커피 잔을 들고 있다.

공간

친구와
차를 마시다가도
외로움을 느낄 때가 있다

사람들과
이야기를 나눌 때도
허전함이 느껴진다

하지만
너와 함께할 때는

그 공간엔
네 모습으로 가득 찬다

누구도
들어올 수 없게
빽빽하게 들어찬다.

텀블러

뜨거운 물
아무리 뜨거워도
그대로 안아준다

얼음물
이가 시리도록 차가워도
그대로 담아낸다

이리저리
변덕스러운 나를
늘 그 자리에서
감싸주는 당신
텀블러 같은 당신!

내가
안 좋아할 수 있나요?

팬

너의 SNS에 들어가 보니
오늘의 방문자 27명
오후에 또 들어가 보니
오늘의 방문자 28명

엄마는
오늘도 여전히
너의 열렬한 팬!

사랑한다
사랑한다
가슴이 울리도록 팬!

농구

주황색 공이 바닥에 튕긴다
탕탕탕
공이 바스켓에 들어간다

조마조마
보고 있는 눈길을
데리고 들어간다

그제야
관중석이 환호한다
나도 환호한다

사랑한다 우리 딸!

내 가슴에 들어간
3점 슛!

선상규

경영공학 박사, 정보산업학 석사
(주)대신P&S 대표이사, (주)우림P&S 사장, 우림그룹 계열사 사장
가나안교회 장로, (사)한국기독실업인회(CBMC) 중앙회 운영이사
(사)중소기업기술혁신협회 부회장, Y-CBMC 전국연합회 회장
KAIST 혁신 및 기업가정신 연구센터(CIE포럼) 정회원

꽃말

예쁘다
예쁘다고 말을 하면
나도 따라 얼굴에
꽃물이 들고

고맙다
고맙다고 말을 들으면
나도 따라 얼굴에
웃음꽃이 피어요

보고 싶다
보고 싶다 말을 하면
나도 따라 가슴이 뛰게 하는

그대는 꽃
내가 참 좋아하는 꽃.

3행

잘 지내지?
안부라도 물을 수 있게
내 안에 머물러 주어서
다행!

오늘 시간 돼요?
라고 물었을 때
"어머, 시간 돼요!" 하면
행운!

내 안에 머문 그대가
내 옆에 잠시라도
머물러 줄 수 있다면
행복!

그대와 봄

그대와 함께한 봄은
꽃으로 왔다

진달래와
목련으로 오고

벚꽃과
장미로도 왔다

내 가슴에 왔다
늘 꽃으로 필 그대

그대를 보겠다며
봄을 핑계대고 왔다.

사시사철

그대 생각으로
사계절 옷을 갈아입는다

봄에는 희망으로 오고
여름엔 열정으로 온다
가을엔 넉넉함으로 오고
겨울엔 나눔으로 온다

사시사철
행복 옷을 입고
얼굴 가득
웃음꽃 피울 수 있다는 것

그대가 있어 가능했어요
그대 덕분입니다.

창문을 내다

그대 생각하다가
내 안에,
창문 하나
달았습니다
언제든,
그대가
들어올 수 있게

나도, 그대 가슴에
창문 하나
달아 둘 수 있을까요?
그리우면 언제나
두드릴 수 있게.

매미

여름내
목이 쉬도록
누구 이름 저리 부를까?

그리운 그대
오래도록 기다려 왔는데
이 여름 가기 전에
달려가겠다고
귀띔이라도 해 주었으면

그대를 부른다
가슴 저리도록 부른다.

독서

책 속에는
글쓴이의 생각과 마음
추억과 경륜이 담겨 있다

함께 따라온 삶이
글자로 옷을 입고 있다

책장을 넘긴다
한 인생의 삶을 넘긴다
나를 데리고 넘어간다.

나이테

세월의 숫자만큼
경륜의 두께만큼
살아온 이야기가 한가득

고운 추억
예쁜 사연
세월의 연륜을 담아
삐뚤빼뚤
무딘 원을 그리며
나이테로 남아

긴긴 세월 잘 살았다며
동그라미를 늘려가며
칭찬을 그린다.

선 상 규   71

의자

고즈넉한 산행길
의자 하나가
오르내리다 지치면 쉬어 가라고
비워진 채 여유를 부리고 있다

꽃길,
새소리, 바람소리
들꽃향기 즐기다 가라고

굽은 길 거친 길
오르내리며
거친 숨 내쉬며 가라고

내 안에도
그대 위해
빈 의자 하나 놓았다.

행운

이렇게 눈뜨고
숨쉬며 일어날 수 있다니요

신선한 공기
따사로운 햇살
문밖 푸른 나무까지
내가 일어나길 기다렸다니요
봄꽃까지 내밀다니요

이 모두가
그대가 준 선물!
내 곁에
그대가 있어서 가능했겠지요.

안순화

상담학 박사, 경영학 석사

수화파이프 대표

(주)폴리텍 프리랜서

(주)원원긍정변화컨설팅 교수, 성품트레이너

한국강사교육진흥원 교육위원

스마트활용지도사

비대면온라인교육 강사

저서 《스마트한 현대인들을 위한 스마트폰 활용지침서》 외 2권

두 마음

내 마음의 진실은
그게 아닙니다

내 마음의 진실은
당신을, 늘
사랑하는 마음입니다

또 다른 마음이
당신에게 상처를 주려고 합니다

그렇습니다
이 두 마음 중
하나는, 내 안에
존재하지 않았으면 좋겠습니다

내 진실은
영원히 변치 않는
당신을 향한 마음이니까요.

생각

눈을 뜨자마자
당신 생각으로 행복합니다

행복한 마음에
오늘 하루도
사랑을 담아 보냅니다

내 생애에
당신을 사랑하길 참 잘했습니다

당신을 사랑한 것이
내 생애에 가장 큰 선물입니다

그 선물 받고
날마다 젊게 살고 있습니다.

내일로 가는 동반자

해가
저물면
나의 하루도 저문다

밤은
내 영혼을 위한
또 다른 시작!

마감된 하루를
감사하는 마음으로
보낼 수 있다는 것은
세상에서 가장 큰 축복이다

축복 속에
그대가 있어
멋진 하루가 된다.

내 안의 그대

내 안의 그대는
언제나, 내 안에서
떠나지 않았습니다

내 마음속 그대는
나를 살아갈 수 있게
해 주는 에너지입니다

내 일상 속 그대는
날마다 행복을 선물하는
메신저입니다

이 모두가
내 안에, 선물 같은
그대가 있기에 가능합니다.

엄마 생각

여행 가는 날 차창 밖에서
잘 다녀오라고 얘기하는 엄마!

나는 엄마에게 상처를 남겼습니다
왜 여유 있게
용돈을 주지 않나요
왜 나는 학비도 대주지 않나요
'엄마가 미워요'
그랬던 내가 이제는
후회만 합니다

'엄마 미안해요'
제가 철부지였습니다
이제야 철이 들었습니다
엄마에게 달려가
"미안해요" 했지만
엄마는 내 옆에 없고
대신 메아리가 돌아와
가슴만 더 아프게 합니다.

나의 집

집이 그리워
집으로 갑니다

품속 같은
나의 집으로 갑니다

언제나 나를
반갑게 맞아주는
집이 있어 행복합니다

내 안에는 언제나
지금 사는 집처럼
그대가 있어 따뜻합니다
웃는 얼굴이 있어 포근합니다.

카페

카페는
나의 쉼터이면서
내 아지트입니다

카페에서 나는
나의 마음을
행복하게 만듭니다

카페에서 마시는
커피 향은
나를 편안하게 해 줍니다

그대도 아니면서
그대처럼 자꾸 찾게 하는 카페!

카페에서
커피를 마시듯
그대도 만났으면 좋겠습니다.

지하철

정차 역을 확인하고
놓치지 않겠다며
스마트폰을 만지작만지작
하지만 어느새
스마트폰에 눈이 가 있습니다

휴대전화 속에서
그대와 속삭이다가
내릴 역을 지나쳤습니다

그래도 행복합니다
그대가 옆에 있기에
이 모든 것이 용서됩니다

사랑으로
모든 것을 받아들입니다.

꽁당보리밥

오늘은 어떤
행복한 손님이 오실까

잘살아 보리, 잘먹어 보리
청주시 가경동에 있는
'복남이네 꽁당보리밥집'에 걸린 문구처럼!

옹기종기 모여 앉아
맛 좋은 보리밥에 취해
정신없이 먹는 사람들

나도 그대와 함께
꽁당보리밥에 취해
정신없이 먹습니다

맛좋은 꽁당보리밥처럼
더 많이 사랑하고
더 행복하고
더 건강하게 살겠습니다.

리모델링

사랑하는 사람과
운치 있는 길을 걷고 싶다

사랑하는 사람과
좋은 추억 거리를 만들고

사랑하는 사람과
맛있는 밥상 앞에 앉고 싶다

이제부터
나이를 의식하지 않고
하고 싶은 것 다하며 살아야겠다

그래서 오늘
사랑을 조건으로
그대 생각 더 넓히기 위해

내 안을 바로
리모델링 중.

양미자

경영학 학사
서울시교육청 학부모지원센터 학부모리더
아ZOOM시대 진로원정대 진로전문 강사
사주명리 수비학 타로 진로전문 강사
사주명리 수비학 타로 진로전문 상담

안마의자

그대가 좋아하는
안마의자

나도 한 번 앉아 봤어요

스르르
눈이 감기고

그대와 함께 걷던
작은 섬으로 데려가요

그대가 그리울 때면
안마의자에 앉아
눈을 감을래요.

방충망

창문을 열어 두면
파리와 모기가 들어옵니다

그래서
방충망을 달았습니다

내 마음에는
방충망이 필요없어요

처음부터
그대 생각만
들어올 수 있게 만들었으니까요.

새

새는 날개를 펴고
날지요

그런데
날개 없이
날 수 있다면
믿을 수 있을까요?

그대 생각은
날개가 없어도
눈 깜짝할 새
별나라를 다녀오지요.

인생

꿈을 꾸었어요
그대 얼굴 기억하려고
그림을 그렸어요

그런데
참 신기하지요

그림이 말을 하네요

그대가 먼저일까요?
그림이 먼저일까요?

아무려면 어때요
그대와 함께 있는데.

발자국

뚜벅뚜벅
걸음마다
발자국이 생깁니다
내가 멈추면
발자국도 멈추지요

가는 곳마다
그림자처럼 따라다니는
당신 생각도
내 안으로 밀고 들어와
발자국을 남깁니다

내 밖의 발자국은
흔적이 되고

내 안의 발자국은
그리움이 되고

당신 생각은 멈추어도
발자국은 멈추지 않습니다
그리움이 됩니다.

별에서 온 그대

하늘에서 딴 별을
가슴에 묻었더니

'그대'라는 별이 되어
돋아났어요

그런데
별마다
그대 모습 담겼으니
어쩌면 좋아요

안 그래도 보고 싶은데
잠은 어떻게 자고
또 내일 일은
어떻게 해요.

어머니

분명 잘 가라 인사했는데
나를 보며
웃고 있는 그대

몸만 가고, 마음은
시도 때도 없이 꺼내 볼 수 있게
내 가슴에 계시는 거 맞지요?

지금 제가
꿈을 꾸고 있는 것
아니지요?

절대
아니지요?

그리움

그대를 만났습니다

그런데
어제와 오늘과 내일이
서로 그대를
만나겠다며
실랑이를 합니다

나
참
행복한 것 맞지요?

청소

그대 머물다 간 자리
고이 간직하려고
조심조심 먼지를 닦습니다

책상을 정리하고
바닥을 닦고
우연히 다시 보니
반짝반짝
빛이 납니다

아,
그런데
그 빛이
내 가슴에 빛나는
그대 얼굴이었다니요.

미용실

미용실에 왔습니다
길어진 머리를 잘랐더니
거울에 나타난
단발머리 소녀!

그대 처음 만났던
그 날로 돌아갈 수 있게
시간을 자르고
나이를 다듬었습니다

이제
그때 그 모습으로
당신만 오시면 됩니다.

오순금

행정학 석사, 한국양성평등교육진흥원 전문강사
제주아라행복강연센터장, 한국자살예방상담센터 제주지부장
(사)제주국제명상센터 이사, (사)치매없는세상만들기운동본부 이사
국제웰빙전문가협회 책임교수, 한국강사교육진흥원 교육위원
뉴스포털1 시민기자, (전)공무원(정년퇴직), 일반행정사
공저 《명강사 25시》(2016), 《사랑하길 잘 했다》(2021)

귤꽃

하얀 꽃이
초록색 이파리 위에
사뿐히 앉았다

꽃도 예쁘지만
부드러운 향기가
발길을 잡는다

향기 따라
눈 감는다
그대가 보인다

정말, 많이
보고 싶었나 보다.

꽃의 릴레이

봄이 되면
벚꽃이 먼저 핀다

벚꽃 지고
진달래꽃이 핀다

진달래꽃 지고
철쭉꽃이 피기 시작한다

하지만
내 안의
그대라는 꽃은
늘 피어 있다

그래서, 내 안에는
그대라는 꽃이
늘 일등이다.

따뜻해요

엄마! 나 사랑해?
그럼 사랑하지
내 보물이니까

넌! 엄마 좋아?
네 좋아요
엄마 품은 늘 따뜻하니까

사랑한다는 말보다
따뜻하다는 말이 좋더라

나의 온기가
아이에게 전해진다

둘 다, 지금
눈빛이 따뜻하다.

김치찌개

멸치에 다시마
대파를 넣고 끓인 물

그 물에
고기와 무, 두부를 넣고
김치를 넣어 끓인다

김치는
모든 재료를 다 받아들이는
포용력이 있다

그래서
그대 마음도
가져가 버릴까 조마조마.

지금

이 여름
금방 간답니다

지금 느끼고
지금 즐기세요!

그리고
저처럼
보고 싶은 사람 생각
실컷 해 보세요.

고기라면

고기 삶은 국물에
라면과 스프를 넣고 끓였는데
맛이 뭔가 모자란 것 같다

먹다 보니 생각났다
고기를 빠뜨렸다

아니, 더 중요한 건
아직
식사 전일 텐데
당신 생각도 빠뜨렸다.

소중한 선물

봄비는 무채색
꽃비는 유채색으로 내립니다

봄비는 구름으로
꽃비는 사랑으로 내립니다

하지만
봄비도 꽃비도
그대 생각나게 만드는
소중한 선물입니다.

엄마라는 이름

엄마라는 이름은
희생으로
세상을 아름답게 만드는
마법 천사

아픔도 기쁨으로
미움까지도 사랑으로
바꾸어 놓는
요술 천사

그래서
엄마라는 이름은
내 영원한 AS센터!

쉼팡

마을 어귀에
돌로 만든 쉼팡

그대 무릎이라 생각하고
잠시 쉬어 가도 되지?

우산

비가 내립니다
우산을 썼는데
한쪽 어깨가 시립니다
왜일까?

아~
제 옆에
그대가 없군요
어쩌죠?

유화순

스마트폰활용지도사, 유튜브 크리에이터 전문지도사
비대면온라인교육 강사, 수납전문가 강사
소통대학교 SNS소통연구소 서울중구지국장
한국정리수납협회 회원관리위원장
한국강사교육진흥원 교육위원
중구여성플라자, 중구길벗장애인자립센터,
궁동종합사회복지관, 장안종합사회복지관 등의 스마트폰 강사
저서 《유화순과 함께하는 유용한 스마트폰 활용 교육》 외 4권

유혹

내 마음에
꽃을 심었습니다

당신에게
내가
꽃이란 사실을 알려 주기 위해.

그대 생각

내 가슴에
꽃이 피었습니다

하얀꽃 노란꽃 분홍꽃

그대 생각 하다 보니
무지개꽃이 피었습니다.

그대입니다

연두색 초록색
나무잎 색이 짙어집니다

청계천 산책로가
시원하게 느껴집니다

길을 걷다가
저멀리 산을 봅니다

눈이 맑아지고
마음도 편해집니다

그대 덕분입니다.

간식

출출하다
간식으로 뭐가 좋을까

생각하고
생각해도
그대 생각만 한 게
없다.

웃었다

한약재를 듬뿍 넣고
끓인 삼계탕

닭다리는 나에게
인삼은 그대에게

웃었다
웃음이 나와서
웃었다.

주거니 받거니

좋아해
나도

고마워
나도

사랑해
나도

내가 더 사랑해
아니, 내가 더

나는 그대
그대는 나.

커피

너와 함께
하루를 시작하고

행복한 식사 후에
너를 찾는다

살짝 지친 오후에는
너를 바라보며 웃고

구수한 너를 음미하며
행복을 만끽한다

그대와 함께라면
이 모두가 배가된다.

내가 산 것

통닭, 맥주, 커피를
샀다

배려, 사랑, 행복도
샀다

그대와 함께
큰 행복을 샀다.

행복한 추억

앉은뱅이 탁자에
둘러앉았다

소박한 대화
소박한 간식

소소하지만
행복한
추억이 생긴다.

눈

창밖에 도화지
누가 펼쳤나?

그대
이름을 적으라는지
그대
얼굴을 그리라는지
힌트도 없이.

정동욱

KBS 특수영상 총감독 역임, 홍익대학교 미술학 박사
현재 신경대학교 평생교육원 슈퍼시니어플래너 연구소장
한국강사교육진흥원 교육위원, 밝은내일성장학교 자문위원
노인미술심리상담사, 미술심리상담사
제1회 한국강사신문 대한민국 최고 명강사 12인 선정
저서 《아빠가 들려주는 디지털 이야기》 《TV그래픽디자인》
《호기심 다이어리 1, 2, 3》 《방송영상디자인》
《방송 특수영상 제작실무》 《점포를 디자인하라》(공저)

봄

오묘한 조화
향기를 주는
신비로움이 담겨 있다

그대 생각
더 나게 하는
재주까지 있다.

그리움

눈썹에 스치는 바람
코끝에 스미는 바람

아,
이건 뭐지
그대의 향기였으면

내 가슴에
그대 모습 그렸으면.

커튼

아침 햇살을 가려주는
네 모습이 곱다

바쁜 일상에
잠깐 꺼내 보고 웃는
그대 생각처럼

커튼 틈으로
들어오는 빛도 곱다.

규정 속도

규정 속도는 60
모든 차량이 60으로 달린다

앗!
이건 뭐지
나는 지금 100

그대 만날 생각에
내 안에서
지금 과속 중!

내 마음 공사 중

갑자기 연락이 왔다
지금 당장 온다고 한다

하지만
나는 천천히 오라고 했다

어디로 갈까?
무슨 음식을 먹을까?
선물은 어떻게 하지?

지금
내 마음은
공사 중!

혼자 사랑

그대 그리움을
내 그리움에 부어 봅니다

앗,
어떡하죠
그대 그리움은 없고
내 그리움만 가득하네요

내가
그대를 더 사랑하나 봅니다.

구절초

들판의 구절초
바람에 흔들린다
향기로 날 유혹한다
고운 자태로 매혹시킨다

그래
넘어가자
그대 닮은 꽃
못이기는 척 받아주자.

어머니의 숨소리

소곤소곤 숨소리
어머니 주무시는 소리
오늘은 유난히 작게 들립니다

작은 숨소리
들릴 듯 말 듯
흐려지는 숨소리

사랑하는 내 어머니는
아주 작은
숨소리를
돌다리에 놓고
꽃밭으로 걸어가셨습니다.

주해성

호 정재, 이학 박사
컬처레인보우 대표, (주)아시아포럼 초대 대표이사
(재)금곡학술문화재단 제주도 동유학회 초대 회장
인구보건복지협회 제주지회 홍보자문위원
한국에이즈퇴치연맹 제주도지회 사무국장
한국성교육센터 제주지부장
한국강사교육진흥원 교육위원
국세공무원교육원 외 학교 시간강사

사랑 안테나

그대 원한다면
사랑의 안테나 세우고 싶다

그대와 나 사이
채널 고정도 필요 없겠고

오롯이
그리움의 전파만
주고받을 수 있게.

옹달샘

깊은 산속에만
옹달샘이 있는 줄 알고
멀리서 찾고 있었네요

찾다가 찾다가 다시 보니
바로 옆에 있었네요

이제라도
찾았으니 다행이지요
그대는
나의 옹달샘!

집밥

사람들이
지금 우리 집
단출한 밥상을 보면
스님 밥상 같다고
말할지 몰라요

그래도
난 행복해요
그 밥상에
내가 가장 좋아하는
그대 사랑이 올라와서.

커피는 약

아이 보는 데서는
찬물도 못 마신다 하지요

아이들 앞에서
"커피는 엄마 약이야!" 라고
말한답니다

맞습니다
그대 생각하고 마시는 커피에
그리움까지 넣으면
저절로 힘이 생깁니다

나에겐
커피가 약입니다.

팥죽

팥죽을 먹다가
울컥했습니다

어릴 적 엄마 따라
동네 시장에 갔다가 먹었던
팥죽 생각이 나서

모락모락 솟는 김처럼
뜨거운 팥죽 속에서
어머니의 목소리가
피어오릅니다

"어서 먹어라
식기 전에."

핸드폰

차를 타고
한참을 가던 중
핸드폰을 두고 온 걸 알았다

핸드폰 없으면
아무것도 할 수 없는 세상이라
불안해지기 시작했다

그때
옆지기가 슬쩍 한마디
"나는 잊지 말고 다니세요."

여행가방

먼 여행
떠나기 위해
가방을 챙길 때마다

꼭
한 공간을 비워 두지요

담아도
담아도
모자라는 것 같아

자꾸 열어 보는
당신 사랑!

온도 차이

사랑의 온도는
뜨거울수록 좋고

정의 온도는
따뜻할수록 좋다

그래서
사랑은 커피처럼
정은 뚝배기처럼.

물안개

이른 새벽
물안개가 피어오른다

얼른
하얀 캔버스 위에
함께 보았으면 좋은
그대 얼굴을 그렸다

부끄러운 듯
불그스레한 모습으로
변하는 당신!

아
행복한 아침이다.

함박꽃

늘
그대는 꽃입니다
나만 보면
활짝 웃는 함박꽃

꽃잎에
그대 얼굴이 보여
나도 따라 웃어져요

나에게
행복을 안겨주는
참 좋은 꽃
당신이라는 꽃.

최봉순

호 정심당
전업주부, 성교육 강사
여수예술랜드 디지털유화체험관장

노을

하늘이
빨간 물감을
쏟았습니다

하늘만큼
그리웠는지
내 그리움도 쏟았습니다

하늘은 아쉽다고
붉게 타고
내 그리움은 보고 싶다고
붉게 타고.

뭉게구름

맑은 하늘에
뭉게구름 보다가
깜짝 놀랐습니다

왜
당신이 거기 있죠?

내 가슴은
그대 웃는 모습이
담긴 하늘.

소나기

해야
너도 나처럼
그리움을 담고 있나 보다

구름을 불렀다가
비까지 내리는 걸 보면.

봄바람

덜컹덜컹
문 열어 주세요
바람이 꽃을 앞세워
노크한다

내 안의 그리움을
어떻게 알았지?
하마터면
열어 줄 뻔했다

다행이다
다행!

오직 그대

젖은 빨래는
건조기에 말릴 수 있고

젖은 우산은
햇볕에 말릴 수 있지만

젖은 내 가슴은
오직
그대만 말릴 수 있어요

그래서, 가끔은
내 안이
젖었으면 좋겠어요.

체중오버

몸무게를 재다가
내 눈을 의심했네요
체중오버

왜 이러지?

그대 생각을 빼고
다시 쟀더니
정상이래요

요즘
그대 생각을
너무 많이 하고 있나 봐요

그래도 괜찮아요
행복한 게 최고니까요.

커피

커피를 탔다
그이 생각이 난다

향기가 불렀나
가슴까지 따뜻해진다.

거울

벽에 걸린 거울이
웃고 있습니다

나
두 눈 가렸으니

보고 싶은 사람 생각
계속해도 된다며.

그리움

비가 내립니다

커피잔 앞에 놓고
그대 생각 꺼냅니다

그런데
어쩌죠?

그리움이 호수만 하니
커피잔에 담을 수도 없고.

아마도

어쩌면
당신을 만나
평생 웃으며 사는 것은

우린
이 세상 태어나기 전
잉꼬새였는지도 몰라

아마도
아마도.

홍순화

경실현연구소장
초등문해교사
중구뉴스 기자
한국강사진흥원 교육위원
노인건강관리전문가

밥

수고했어 말 대신
밥 먹자 하던 당신

그대는 밥을 먹고
난 그냥 있어도
기분이 좋은
분위기를 먹고
저절로 웃음이 나왔다

밥
먹고 싶다.

시간

그대와 함께하는 시간
천천히 갔으면 하는 시간

시간! 너 왜 이렇게
빨리 가니?

너도 나처럼
보고 싶은 사람
만나고 있는 나처럼

너도 빨리 가서
만나야 할 이유가 있니?

행복하게

그대 손을 잡고
길을 걸어요

그냥
걸어요

걷다가
걷다가 돌아보니

그리움 속
그 속에서

그대와
커피 들고 걸어요
웃으면서 걸어요.

밥상

아침상에 봄이 올라왔어요
향긋한 그대 담고

작년보다 더 진한
느낌으로 왔군요

오셨으니
꽃이나 실컷 피우고 가세요

다시 올 봄날
그날까지

이 느낌 이대로 담고
그 봄날을 기다려야 하니까요.

3월

봄이라 한다
봄이 왔다고 한다

어디서 누구와 왔는지
당신은 아직 오지 않았는데

올해도 다시
봄이 왔다고 한다

혹시
그곳에는 와 있는지

당신 흔적 담긴 밭으로
호미 들고 갑니다.

시계

새벽 다섯 시
일어나서
용만 쓰고 있다

그대 생각 지우겠다고
애쓰다가

그대 생각만
더 하고 있다.

행복

아침에 일어나면
기분이 좋다

왜 그럴까?

세상에서 가장 멋진
당신이
내 곁에 있으니

또 이렇게 만나니
좋을 수밖에.

백

가방 사러 왔어요

작은 것 들어보고
큰 것 메어보고
맘에 안 들어요

무슨 일이지
아, 알았어요

35년간 내 팔에
든든한 명품백
그대가 있었네요

그대만 한 백
없을 수밖에요.

여유

5시 일어나
책을 본다

책 속 주인공은 나
억만장자도 되고
CEO도 된다

내 안에
그대까지 있으니

아!
행복하다.

지금 당장

무엇을 할까
고민하다가

출근하는 당신을
백 허그 한다

오늘 하루
끝!

❖ 공저시집을 내며

▶ 새로운 것에 도전한다는 것은 결코 쉽지 않은 선택이다. 시집을 내고 싶었다. 기회가 찾아왔다. 윤보영시인학교 수강생을 모집한다는 내용을 본 것이다. 망설임 없이 신청했다. '시는 특별한 사람이 쓰는 것이다'라는 선입견이 깨졌다. 시는 누구나 쓸 수 있다. 그 결과물로 시집에 이름을 올렸다. 나의 작은 선택이 큰 행복을 가져왔다. 이 시집을 선택한 여러분에게도 큰 행복이 찾아갈 것임을 의심하지 않는다.   **강치선**

▶ 윤보영시인학교를 통해 청포도가 영글어 가듯 횟수가 바뀔수록 칭찬 속에서 우리도 영글어 갔다. 7월이면 독자들과 만날 잘 익은 130편의 감성시들이 수줍은 듯 성숙한 모습으로 독자들의 마음에 안식처로 자리매김 될 것이다. 감성시를 통해 마음의 평화와 여유를 찾아 수채화를 그리듯 풍요로운 행복을 맛보길 바란다. 세상이 온통 핑크빛으로 물들 것이다.

김순복

▶ 워낙 어려운 시간들이 많았기에 긁적거리는 습관이 있었다. 윤보영 시인님의 감성시반에 합류하게 된 것도 습관의 이끌림이었던 것 같다. 시라는 것이 온갖 고뇌를 짜내야만 하는 것처럼 여겨졌었다. 감성시를 만나면서 새로운 발견을 하게 되었다. 내 안에 없었던 그대를 찾게 되는 행복한 시간들이 만들어졌다. 부끄럽고 민망스러운 얼굴로 시반에 참여한다. 그러나 내 안에서 꿈틀거리는 알갱이들을 모른 체하기는 자신에게 미안하다. 그래서 유능한 선생님의 지도를 따르며 작은 보폭이나마 내딛어 보려 한다.   **박소현**

▶ 초록이 바람에 물결치는 창밖 풍경을 하염없이 내다보던 2021년 5월 어느 날, 내가 하고 싶었던 그 이야기를 멈췄선 채 시로 담기 시작했다. 수백, 수천 번을 갈고 닦은 보석들을 건지고 싶은 마음 가득했지만 부족한 대로 나의 영혼의 발길이 이끄는 대로 그 조각들을 엮었다. 나의 인생에 시를 하나 더해 싱그러움으로 가득한 희망을 꺼내 든다. 윤보영 시인님과 함께해 주신 시인님들께 진심으로 감사드립니다. **백세영**

▶ "우리의 작은 몸짓이 삶이 되고 시(詩)가 되고 역사(歷史)가 된다."
시는 제게 기쁨을 주고 맑은 영혼을 만들어 주는 고운 친구입니다. 일상이 시가 되는 기쁨이 되도록 윤보영 시인님의 애정 어린 지도로 100일도 채 안 되는 짧은 시간, 사람으로 치자면 100일도 안 된 어린아이처럼 부족한 부분이 많지만 시집이 나온다니 설렘 그 자체입니다. 코로나19로 얼굴 한 번 못 뵙고 영상으로만 윤보영 시인님을 스승님으로 모시고 시를 함께 배운 것을 인연으로 시를 좋아하는 분들과 동인 시집을 내는 기쁨을 나누게 되어 감사하고 행복합니다. **선상규**

▶ 인생이 다시 두근거리기 시작하였습니다. 쉰이 넘어 새로운 인생을 발견한 것을 '감성시'로 표현하니 내 인생에 소중한 삶의 지혜와 기쁨이었습니다. 감성시로 인하여 인생에 가장 젊은 날이면서 나 자신에게 주는 귀한 선물이요 이벤트였습니다. 배움 시간 행복하였습니다. 함께해 주신 윤보영 시인님과 김순복 원장님, 그리고 열두 분 시인님들과 감성시에 대한 뜻깊은 시간을 보내게 되어 감사합니다. 공저 시집 발간을 축하드립니다. **안순화**

▶ 우연히 본 윤보영 시인님의 감성시! 어쩜 이리 사랑과 그리움뿐일까? 이것이 가능할까? 세상엔 아픔도 슬픔도 고통도 많은데 어떻게 사랑만 노래할 수 있을까? 시를 보면 볼수록 그 안에 시인님의 삶의 희로애락이 모두 녹아 있음을 알았다. 현실에서 만나는 사람과 사물, 커피 한 잔과 풀 한 포기조차도 자세히 보니 모두 사랑이었다. 잠자고 있는 시인의 감성을 깨우는 일은 '일상'에서 '내 안의 그대'를 만나는 일이다. '그대'라는 이름으로 '참나'를 만나는 지름길을 배우는 소중한 시간이었다. **양미자**

▶ 긍정의 마음이 아니면 쓸 수 없는 감성시! 어쩌면 모두가 힘들어하는 코로나19라는 환경이 주는 선물이기도 하다. 윤보영 시인님의 지도로 일상의 소재가 시로 쓰여지고 시 쓰기가 생활이 되고 있다. 시를 쓰는 이만큼 읽는 이도 행복했으면 좋겠다. 누군가에게 소중한 선물이 되길 소망한다. **오순금**

▶ 지난 4월 30일 《사랑하길 잘 했다》 첫 시집의 감동을 안고 윤보영시인학교 3기 동기들과 두 번째 시집을 낸다. 첫 시집이 남편과의 일상 속 감성이라면 두 번째 시집은 계절 속에서 남편을 발견하는 감성시를 표현해 봤다. 윤보영 시인님과 동기들에게 무한한 에너지를 받으며 시를 쓸 때는 행복한 휴식시간이 된다. 걱정이 없는 꿈꾸는 소녀가 되는 시간이기도 하다. **유화순**

▶ 시를 쓰는 것은 누구나 할 수 있다고 생각한다. 그러나 실제로 써보니 생각보다 어렵다는 것, 그리고 글에 대한 연결 관계 등 앞뒤가 엉켜 버리는 시도 아닌 것이 멋만 내려고 애쓰고 있다. 윤보영 시인님의 감성을 어루만지는 코칭으로 새롭게 탄생하는 순간 온몸에 전율이 짜릿했다. 10주 동안 한결같은 열정으로 지도해 주신 윤보영 시인님, 감사의 마음 잘 간직하겠습니다. **정동욱**

▶▶ 요즘 코로나로 인해 사람 만나기도 어려운 시대에 뭘하며 지낼까 궁리하고 있었을 때 우연히 행운의 네잎클로버를 찾게 되었다. 그게 바로 감성시 공부다. 가급적 쉽게 길지 않도록 쓴다. 더 나아가 밝은 이야기로 행복하고 아름다운 사회를 만들어 가자는 윤보영 시인님의 뜻이 너무 좋다.

주해성

▶ 내게 시(詩)란 남의 이야기처럼 여겨왔었다. 옆지기의 권유로 입문하긴 했지만 갈수록 어렵다. 그렇지만 늘 칭찬과 격려로 용기를 주신 윤보영 시인님의 지도력 덕분에 여기까지 올 수 있었다. 감사드립니다. **최봉순**

▶ 2021년 새로운 도전. 배운다는 것은 큰 기쁨이었다. 감성이라고는 1도 없던 내가 윤보영 시인님 지도로 일상을 메모해 두었다가 그것이 시가 되었다. 아침에 일어나면 행복하다. 사랑한다. 그대 있어 다행이다. 일상을 메모하면서 참 많이 행복했다. 여러분도 행복하세요. 함께한 문우님들 감사합니다. **홍순화**

윤보영시인학교 13인의 노래

내 안의 그대라는 꽃

펴낸날   초판 1쇄 2021년 7월 20일

지은이   강치선 김순복 박소현 백세영 선상규
           안순화 양미자 오순금 유화순
           정동욱 주해성 최봉순 홍순화

펴낸이   서용순
펴낸곳   이지출판

출판등록   1997년 9월 10일
등록번호   제300-2005-156호
주소   03131 서울시 종로구 율곡로6길 36 월드오피스텔 903호
대표전화   02-743-7661   **팩스** 02-743-7621
이메일   easy7661@naver.com
디자인   박성현
인쇄   (주)지오피앤피

ⓒ 2021 강치선 외 12인

값 12,000원

ISBN 979-11-5555-160-8 03810
ISBN 979-11-5555-161-5 05810

※ 잘못 만들어진 책은 교환해 드립니다.

윤보영시인학교 13인의 노래

내 안의
그대라는 꽃